사랑할 때이니까

愚村 강현수의 Rumination · 시와 그림

사랑할 때이니까

강현수 지음

| 차 례 |

단풍잎 지는 날

10 늦더라도
12 사랑이란
14 양재천을 걸으며
16 힘든 동행
18 단풍잎 지는 날
20 영화처럼
22 심각한 대화
24 마티스에서
26 가을엔
28 사랑
30 따스한 날 하나
32 향기 나는 곳
34 바보
36 잠잠한 생각
38 가을
40 동짓날 아내에게
42 외로울 때
44 코로나 바이러스
46 시월에
48 오래된 아내의 절망
50 더 저물기 전에

엄마 안녕

54 산다는 것
56 봄
58 오고 가는 것에 대하여
60 추운 날 남은 것
62 엄마 안녕
64 큰 딸네의 이별
66 나이가 든다는 것
68 시월 열엿새
70 빈센트
72 둥지 2
74 낙엽
76 보아 온 것들
78 고요해 지기
80 사랑할 때이니까
82 깊고 푸르고 쓸쓸한
84 따뜻한 천사에게
86 헤어질 땐
88 새가 되고 싶어
90 어머니
92 아버지
94 그날에

잃어버린 소중함들

98 가을 그 곳
100 광조우의 밤비
102 Merlin Hotel 의 추억
104 봄이 아니야
106 잃어버린 소중함들
108 歲暮에
110 낭패
112 이산가족
114 둥지
116 슈베르트
118 오늘 하루 쯤
120 지나간 것들
122 카오스 Chaos
124 염색
126 지아의 걱정
128 광녀狂女
130 이상한 풍경
132 어느 날의 자화상
134 친구에게
136 비행기
138 시골 보낸 강아지

노년의 기도

142 빗방울 소리
144 다시 태어나기
146 내게로 와
148 늙은 어부의 성경
150 노년의 기도
152 희망
154 호롱불
156 고마워요
158 비 오는 부활절
160 농부를 위한 기도
162 잠 못 드는 밤
164 가을날의 기도
166 어떤 규칙
168 비가 내리면
170 고요함이 있는 곳
172 꿈같은 꿈
174 팔공산에서
176 막걸리 예찬
178 지나간 것들이라고
180 가족을 위한 기도
182 아주 먼 곳일 지라도
184 모르고 살아 온 두 가지

따스한 날들

188 | 앨범 | 따스한 날들

단풍잎 지는 날

황홀한 가을 2010 oil on canvas

늦더라도

좀 늦을지 몰라
아직 할 일이 있어

그렇지만 꼭 갈게
늦더라도

조금만 기다려 줘
가서
예쁜 집을 지어 줄게

햇빛 잘 들고 아늑한
당신이 정말 좋아 할 집을

가을벤치 Oil on Canvas 1998

사랑이란

그렇지
그런 거야

아픔을 같이 하는 것
늘 곁에 있어 주는 것

침묵에도
귀 기울여 주는 것

누군가 먼저 천국으로 떠난 후엔
웃음에도 베어나는 눈물

사랑이란
기도하게 하는 것

부부 Oil on Canvas 2000

양재천을 걸으며

늦가을 저녁
가로등 따라 걷는 양재천
가랑잎에 비가 내린다
토락토락 떨어지는
빗방울 소리

꽃과 열매와 잎사귀 다 내려놓고
벚나무는 나목이 되어 비바람에 맞서있다
다시 올 봄을 기다리겠지

이제
한 세월이 다 가나보다
아내의 걸음에 경쾌함이 무뎌졌다

추운 겨울 오고 가면
또 다시 봄이 오련만
또 다시 꽃이 피련만

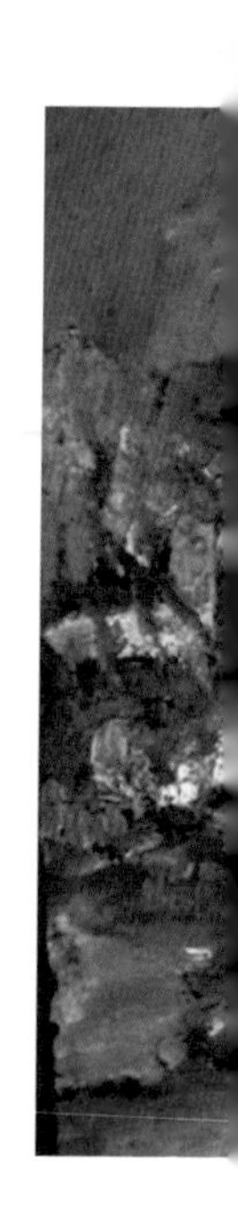

경회루의 가을 2007 oil on canvas

힘든 동행

나와의 동행이 무척이나 힘든가 봐

지금
우리 가는 길
어딘지

바닷가에서도
수심 가득한
당신의 얼굴

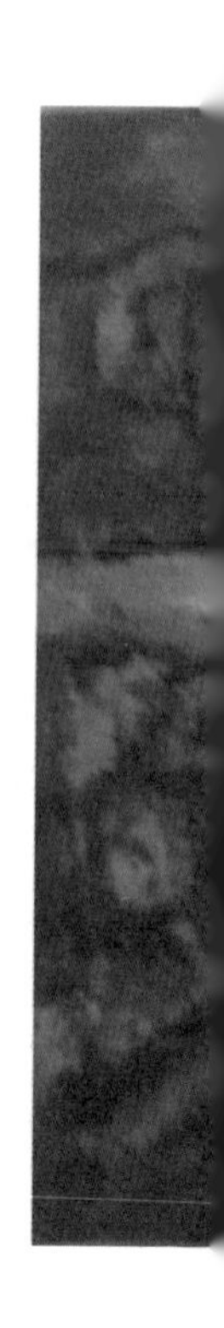

디베랴 바닷가 2008 oil on canvas

단풍잎 지는 날

떠나온 곳은
멀고 작은 산골 마을

단풍잎이 가지에서 떨어지듯이
오래 전에 나는
낯선 곳으로 떨어졌다

오늘 저녁 단풍잎이 바람에 지고
하늘엔 반달이 차갑다

가을 깊어 단풍잎 지면
떠나온 곳도 같이 지고

아!
그 작은 마을을 떠난 후
어디를 지나 누구를 만나고
지금 여기 이렇게 와 있는지

목수의 톱과 칼과 망치를 빌려
자그만 차탁 하나 만들어봐야겠다

차가운 반달 떨어지는 단풍잎
못 본 채 하며
산골 마을 그립지 않도록

영화처럼

좀 늦은 가을이면 좋을까?
시월 하순 쯤

단풍잎 곱게 물든
좁고 깊고 긴 산길이면 좋겠지

짙은 안개 바람 속에
가랑비가 내렸으면

챙이 큰 모자를 쓰고
애절한 하모니카 하나

적막에 녹아든 세상
가랑비와 바람소리

.

.

.

.

.

귀여운 아내여

영화처럼 만났으면 좋겠다.

약속 없이 그 길에서

.

.

.

.

.

우리 만나거든

눈빛으로만 말하자

심각한 대화

(아내)

"여보, 우리가 한 날 한 시에 같이 죽을 수 없을까?"

…………………

…………………

"그러면, 애들이 오히려 더 힘들어 하려나?"

…………………

…………………

(나)

"뭐, 어차피 겪어야할 일, 한 번에 지나가 버리면,
애들에겐 더 나을 수도 있겠지 ?!"

……………………

……………………

한참 후에 우리는
심각하게 웃어 버렸다

먼 길 힘들어도
함께 갔으면

Beloved 2010 oil on canvas

마티스에서

봄이 저만치 오고 있겠지
이런 날 오천 원짜리 커피 향은
제값 하는 사치다

해 지는 저녁
Coffee shop 마티스 창 밖에
조금 남은 햇빛을 바람이 밀어 낸다

아직 춥고 쓸쓸하지만
봄은 어딘가 오고 있겠지

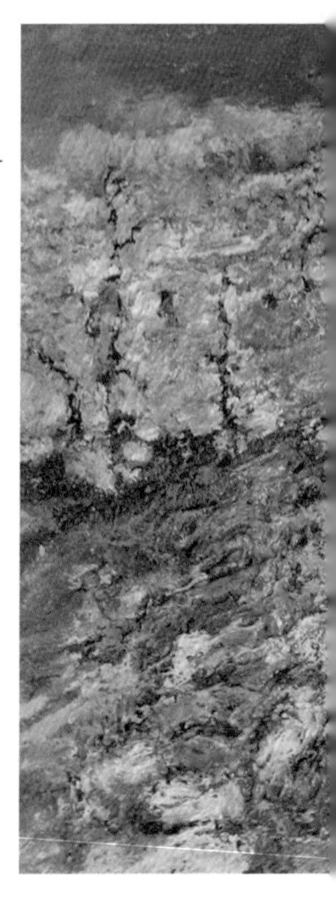

봄잔치 Oil on Canvas 2011

가을엔

가을엔
영혼이 외로움으로
열매가 익나보다

단풍잎의 붉은 피를 자아내는 햇빛
쓸쓸한 바람은
억새풀 사이에 서성이고

진실로 외로운 가을엔
그 외로움으로 인하여
구절초가 무리지어 피나보다

그대여
이 가을에
외롭지 않니?

Daisy blooms quietly

Suddenly so do you!

Never stay long as daisy

But leave my heart unnoticed.

하롱베이 인상 2008 oil on canvas

사랑

당신은 때때로
이런 저런
상처 받고

나는 때때로
상처받은 당신 때문에
속상하고

문득 당신이 안쓰러워
단출하게 이북식 냉면집에 가면
당신은 맛있게 먹어주고

당신 얼굴에 살짝 드러나는
작고 조용한 미소에
나는 감사하고

잔디위에서 Oil on tile 2000

따스한 날 하나

따스한 날 하나
내게 왔다가 떠나고 있다
언젠가 또 다시 오겠지!

덧난 상처 아물고
아름다운 기억으로
전에도 그랬듯이

마른 울타리 찬바람 끝에서
잠시 뒤돌아보는 그대여
조심해서 다녀오시게

예배당이 있는 풍경 Oil on Canvas 2006

향기 나는 곳

길 잃은 나그네여
오늘 내겐 길을 묻지 말아요

푸른 잎사귀에
이렇게 비가 내리는 날
내가 아는 길은 단 하나

깊은 산골마을 뒷동산 너머
작은 연못가 밭둑에
감나무 하나 서있는 곳뿐이라오

그곳은 남쪽으로 오백리
그 감나무 밑으로 가면
비오는 날엔 향기가 나지요

따뜻하고 싱그러운
사랑의 향기가

정물 Oil on Canvas 1999

바보

우린
때때로 사랑하는 사람에게
가슴의 상처를 주어 울게 하지
그건 사랑하기 때문이라고 말하며

그리고 때때로
사랑하는 이로 부터
상처 받고 낙심하기도 하지
그땐 사랑을 믿고 싶지가 않지

이 얼마나 바보같이 사는 건가
그냥 사랑하면 될 걸 가지고
그냥 보듬어 주면 될 걸 가지고

예수 Color Pen on Paper 2019

잠잠한 생각

이곳은
스쳐 가는 길
팔꿈치에 주름이 생길 때 쯤 이면
깨닫게 되지

이곳에서는
아름다운 빛과
아름다운 사람과
안쓰러운 사랑에 감사할 뿐

찬바람이 불어 올 때나
따스한 볕이 천지를 감쌀 때나
마음 다질 것 하나
스치고 가는 날 울지 않기

여기서 만난
한 사람 한 사람

강아지와 큰 눈을 가진 소
구절초와 봉숭아

가슴에 꼭 간직하고
다만
해와 달과 별들처럼
먼 하늘에서

오늘 해질 녘
잠잠한 생각에
버들개 물매화가 보고 싶다

가을

가을은
혼자 오지 않는다

젖은 낙엽에 묻어
추억을 데리고 온다

가을은
그리움의 변주곡

새벽마다 아득한 곳에서
조용히 기다린다

그대와 내가
아득한 곳으로 오기를

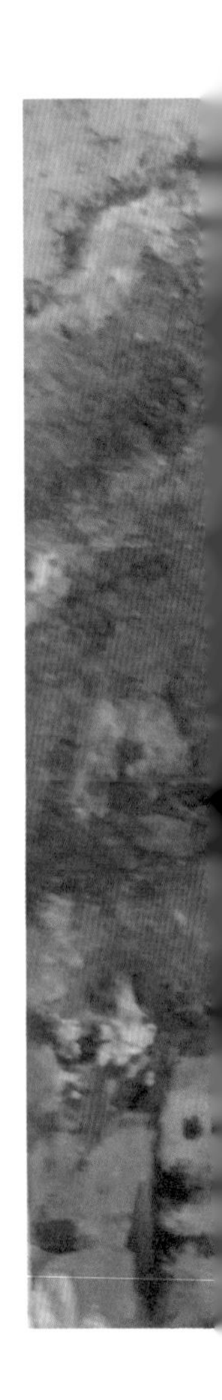

산밑의 예배당 Oil on Tile 2003

동짓날 아내에게

동짓날
바람은 차고
밤 길고 어두운 때
나 늙어 가는 건 괜찮지만
당신은 늙지 않았으면

아이들 키우고
집안 살림에 여태 고생한 당신
부디 아프지도 말고
늙지도 마시오

오는 봄이 있으니
힘을 내어봅시다
꽃피고 해 긴 날
손잡고 걸어봅시다

올겨울 아픈 팔다리 다 낫고

근심 걱정 털어 버리고

가뿐한 마음으로 평안 하시오

애들도 다 잘 되겠지

결혼 기념일 2007 oil on canvas

외로울 때

혼자 있을 때 보다
같이 있을 때가
더 외로울 수 있습니다

그때는
같이 있는 한 사람이
아플 때입니다

아프지 마세요
같이 있는 사람이
외로워지니까

새벽기도 Oil on Canvas 2004

코로나 바이러스

소소한 것들도 같고
아닌 것들도 같은
불안감이 어른거린다

올 것 같지 않은
무엇인가를
힘없이 기다리고 있다

세월은 왜 이렇게 빨리 가는지
일상의 무력함이
스멀스멀 다가와 있다

힘든 날도 언젠간 지나가겠지만
제발 아내와 아이들만은
행복했으면

오늘 저녁엔 할 수 없이

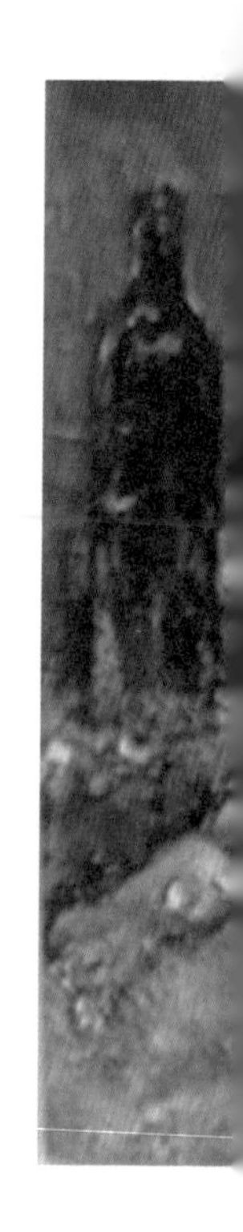

슈베르트와

다윗의 시와

붉은 포도주에 기대봐야겠다

Wine과 여인 Oil on Canvas 2015

시월에

나는 이 시월에
몹시 외로운 한 사람
내게로 왔으면 좋겠다

청바지에 보라색 티셔츠를 입고
캔버스와 물감을 담은
가방 하나 메고 왔으면 좋겠다

세상 물정 모르고
노랗게 혹은 붉게 물든 잎새에 눈독 들이는
그런 사람

세상 서툴게 살아가도
오펜바흐에 흐느끼는 사람
신 라면을 맛있게 같이 먹을 사람

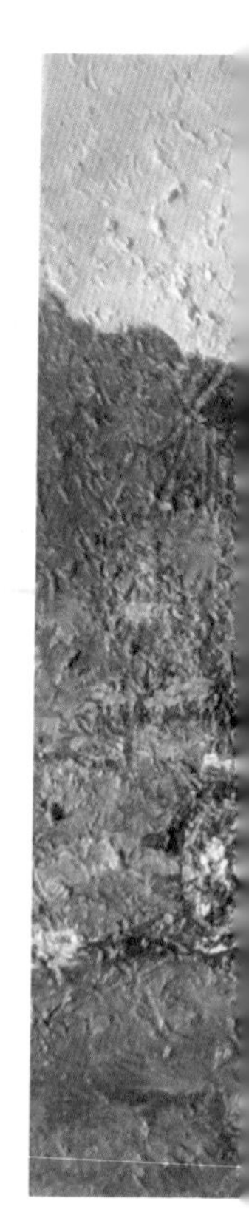

자전거와 단풍나무 1999 oil on canvas

오래된 아내의 절망

"20년을 정신없이 살았다. 나란 존재는 없어져도 상관없다고, 아이들만 잘되면 된다고… 우리 아이들은 누구보다도 더 반듯하고 바르게 잘 자라 줄 거라고 믿으며 살았다.

그러나 어느 날부터 그런 나의 꿈이 헛된 것이라는 것을 깨닫는 순간 나는 조금씩 조금씩 무너지기 시작했다. 희망도 사라지고, 세상사는 재미도 없어지고, 세상이 무의미해지고, 그러다간 난 이대로 무너지는 것이 너무나 억울하고 또 포기할 수 없는 나의 사랑하는 아이들이 있기에 다시 일어서려 했다.

하지만, 한계를 느끼기 시작했고 내 자신이 미워지기 시작했다. 너무나 무능력하여 아무 것도 할 수 없는 자신이 진저리 치도록 싫어지기 시작했던 것이다"

"여보, 정말 미안해 나는 아무 것도 몰랐잖아"

* 20년을 살았다고 했으니, 1999년경에 쓴 것이리라. 그때는 두 살 터울의 세 아이들이 열다섯 살부터 열아홉 살, 제일 힘든 때였으리라. 지금 아내는 세 아이의 사랑과 존경을 한 몸에 받으며 다시 일어났다. 대학노트에 토해내기 시작하다 끝낸 아내의 절망을 읽으며 나도 진저리 치도록 내가 싫어졌다. 그리고 웃는 아내에게 사과했다. 그 후 다시 20년이 넘게 지난 2020년 12월 31일 저녁까지 먹고 나서

더 저물기 전에

해 질녘 혼자 걸으면
낙엽처럼 마음에 밟히는 것들

받은 것은 따뜻한 정성
준 것은 가시 박힌 상처

더 저물기 전에
당신께로 가야지

부끄러운 손으로
구운 옥수수 두어 개 사들고

가서
꼬~옥 안아 주어야지

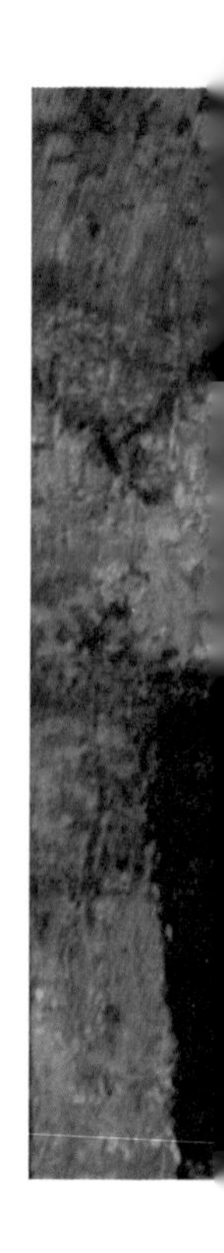

월광쏘나타 Oil on Canvas 2009

엄마 안녕

보랏빛 하늘 2000 oil on canvas

산다는 것

내가 산다는 것은
헤매는 것
여태 쉴 곳을 찾아
쉬지 않고 헤매는 것

문득
마지막 흔들어 주시던
아버지의 힘없는 손짓에
아문 상처를 꺼내 보이는 것

가끔은
홀로 살다 가신
엄마의 마지막 빈방에 들어가
젖 냄새를 찾아보는 것

통화가 정지된
오래된 전화기에 쌓여있는

오래된 먼지를 바라보는 것

거리화가가 그린 강현수 종이에 연필 로마 2015

봄

짧은 봄

꽃이 진다는 것

그건

세월이 진다는 것!

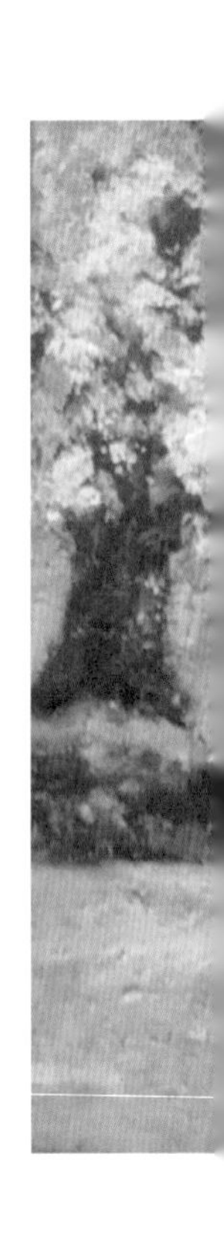

봄비 | Oil on Canvas 2009

오고 가는 것에 대하여

예전엔
늘 좋은 것들이 왔었지
주말도 오고 방학도 오고
설이나 추석
반가운 사람들
꽃피는 봄과 감 익는 붉은 가을
모두가 마음 설레게 왔었지

지금은
모든 것들이 내게서 가고만 있지
봄가을 가고 휴일도 가도 아이들도 떠나고
엄마 아빠는 한번 가신 후 돌아오시지 않지
그리운 친구 소식도 없지

이제는 내가
누구에게든 가야할 때인가?

바람이 차가운 3월 첫날

설레는 무엇이 오지는 않을까

오전 열시 Oil on Canvas 2007

추운 날 남은 것

날이 춥다
겨울날 한해의 끝자락에서
산과 강, 들과 바다, 하늘과 땅을
감긴 눈으로 보고 있다

이것저것 겸손하게 내려놓고
침전된 삶의 고초를
황망히 끌어안고
감사하며 떠나는 모습 보인다

착한 것들은 모두
무자비한 세월에
냉동되어 버려지고

사랑 하나만 따뜻이 남아있다

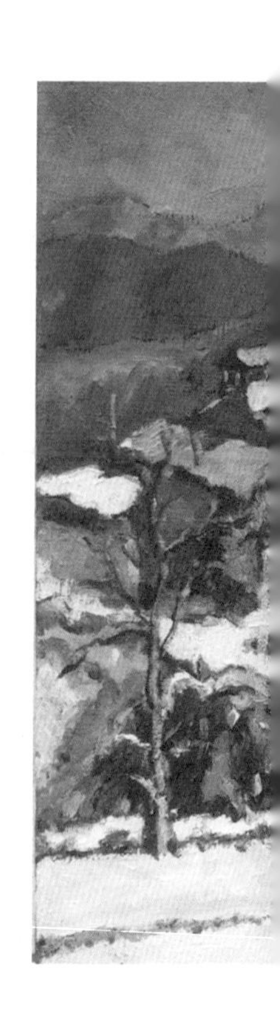

고향의 겨울 Oil Canvas 2002

엄마 안녕

달은 가난한 은빛으로
왜 밤새 차갑게 흘러가나

소쩍새는 산들이 다 잠 들었는데
왜 온밤 가득히 울고 있나

삼복더위에 떠나신 울 엄마
천국 길 가실 때 덥지 않도록

동무 없이 혼자 낯선 길 가셔도
길 잃어버리지 않도록

달은 천천히 흐르고
소쩍새 밤새워 울어주면

울 엄마 두 다리 관절염 아파도
쉬엄쉬엄 천국까지 자알 가시겠지

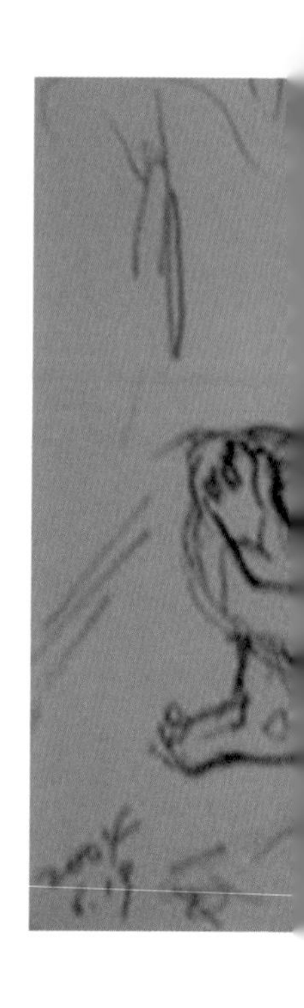

"엄마 안녕……

보리밥 같이 먹던 뒷집 할머니도, 소쩍새 따라 울고 계셔요"

엄마와 파리채 Pencil on Paper 2004

큰 딸네의 이별

이별은
난감한 일이다
마음은 울지만
얼굴은 애써 웃고

꿈결 같이 지나갔을
Shanghai
같이 못한 많은 것들
아쉽게 남았겠지

가는 사람도
보내는 사람도
나는 괜찮으니
잘 있고 잘 가라하겠지

건강한 모습으로
곧 다시 만나자고

지금쯤 Shanghai 공항에서
잡은 손을 놓고 있을 큰 딸 부부

출국장으로 들어간 남편이 안보일 때
발길 돌리는 큰 딸 눈물이 고이겠지

강아지 보내고도
눈물 글썽였던 큰 딸
힘든 일 잘 참고 견디는 엄마 닮은 다슬이,

Brisbane과 Shanghai가 비록 멀더라도
희망과 기쁨을 간직하고
잘들 지내렴

두카는 잘 있겠지 ?

나이가 든다는 것

이를테면
밤 운전이 겁나거나

용기가 조금씩 사그라지거나
푸르든 꿈을 꿈이라고 생각을 바꾸거나

문득 눈물이 나거나
가끔 그러나 습관처럼
오래된 기억을 되새김질 하거나

처자식과 부모형제에게
참 미안하거거나

갑자기
내가 누구인지 알고 싶어지는 것

북극 여우 사냥 가기엔 늦었다 해도

사랑하기엔

아직 늦지 않아

내일도 늦지 않아

하노이의 휴일 Oil on Canvas 2007

시월 열엿새

추수 끝내고
김장도 마칠 때 쯤

잡채랑 양념 갈비랑
이것저것 싸들고

설레는 맘으로
동트기 전에 달려갔었지

자동차 몰아
남쪽으로 두세 시간

햅쌀밥에 미역국 끓여
조금 늦은 아침밥을 맛있게 먹었어

이젠 그날이 와도
그럴 일 없이 산다

음력 시월 열엿새

다시는 돌아오지 않는 엄마 생일

사랑과 용서 2006 oil on wood (1)

빈센트

빈센트!

오베르 성당을 그리고 나서
얼마나 기뻤소?
울지는 않았소?

오늘밤 내가 사는 동네에는
성당을 지나온듯한 비가
나의 머리칼을 적시고 있소

어쩜 나도 당신처럼
때론 제정신이 아닌가봐

빈센트!
우리 곧 한번 만나요
오베르 성당 앞에서
이렇게

비가 오는 밤에

성당과 여인 2007 acrylic on roof tile

둥지 2

내가 그랬었지
어려선 엄마 둥지가 내 둥지
서울 내 집에 살아도
둥지 없는 나그네

장가들고
엄마 둥지 떠난 뒤엔
서울집이 내 둥지
멀기만 한 엄마 둥지

이젠 아이들이 그렇다
아이들 둥지가 아이들 둥지
때론 참 많이 보고 싶건만!

울 엄마 가시기 전
"자주 오너라. 보고 싶다."
하셨는데

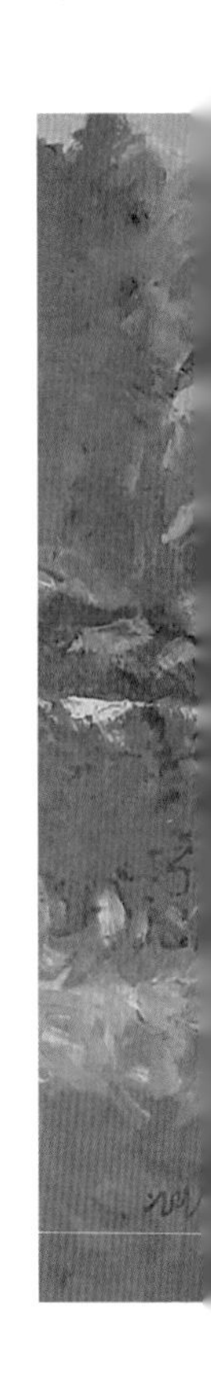

고골풍경 2003 oil on wood panel (2)

낙엽

산책길에 떨어진 낙엽의 목소리로
누군가 I ♡ U 하고 가버렸다
허전함을 사랑으로 보듬은 듯

가을 저녁 벚나무 사이를 나란히 걸으면
낙엽 위에 밟히는 정겨운 두 그림자

바람 불면 흩어질 I ♡ U 와
가로등 빛 투명한 단풍잎 언저리에
숨 막히는 누이의 영혼이 잠들었다

낙엽 구르는 길을 걸으며
사랑과 그림자와 떠나간 영혼을
힘겹게 안아본다

낙엽을 걷는 것은
정겹고 허전한 일

기막히게 쓸쓸한 일

세곡동의 가을 2009 oil on canvas

보아 온 것들

아침에 뜨는 해가
저녁이면 지는 것

봄에 난 여린 잎들이
가을이면 낙엽으로 흙에 묻히는 것

예쁘게 피어난 꽃들이
오래지 않아 지고 마는 것

실개천이 강물 되어
바다로 사라져 가는 것

평생을 보아 온 것들이다

아침 햇살보다 노을빛이 더 황홀하고
여린 잎보다 낙엽이 더 고운 옷 입고
꽃보다 그 열매가 더 거룩하고

강줄기 기어코 바다로 사라지고

이렇듯이
삶보다 죽음이 더 황홀하게 곱게
거룩한 사라짐이었으면

정물 2 1999 oil on canvas

고요해 지기

햇빛 나고 꽃이 필 때
고요해 지기

해지고 꽃이 다시 피지 않아도
고요해 지기

따스한 봄날 부드러운 바람 속에서도
눈 내려 차가운 어두운 밤에도
정말 고요해 지기

사랑받을 때도
버림받을 때도
마냥 고요해 지기

고요하게 있다가
고요하게 떠나기

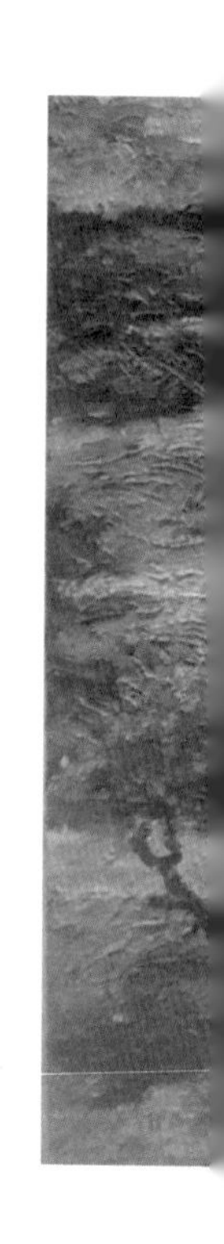

강가에서 oil on canvas 2008

사랑할 때이니까

서로 아무 말도 하지 말고
그윽하게 바라보자

시린 손일랑 가만히 잡아
마음을 내어주자

아픈 곳은 없는지
속상한 일 없는지

오늘도
사랑할 때이니까

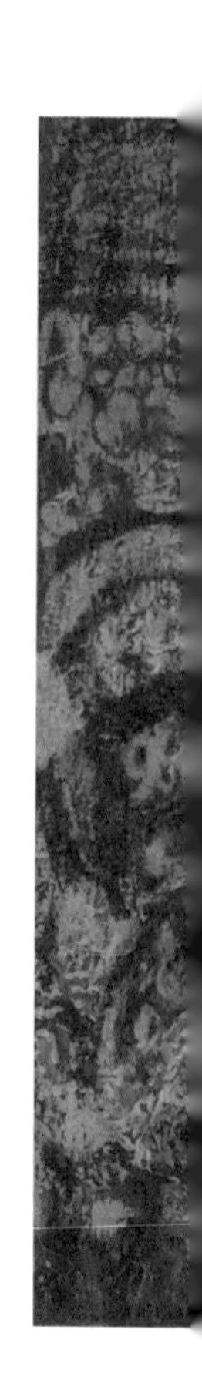

주가 지켜 주신다 Oil & Crayon on Canvas 2021

깊고 푸르고 쓸쓸한

연약해진 저녁 햇살이
거실 가득히 담길 때는

고요히 앉아
창밖을 오래 보고 싶다
황혼이 사라질 때 까지

두 눈이 어둠에 길들여져
깊고 푸르고 쓸쓸한
고흐의 별들이 뜰 때 까지

당신의 눈동자처럼

달밤 2008 oil on canvas

따뜻한 천사에게

네 마음 따뜻했으니
봄날에 왔었겠지
얼어붙은 물지게 져 나르고
얼어붙은 날에 너도 모른 채 가버렸지
춥고 배고팠지?

외로움과 절망의 날들
저만치 숨소리 죽이고
따뜻한 천사로 살았지

혼자 힘들었을 너의 길
무정해서 그 형편 외면했지만
내 곁에 없어도 지금은 알고 있다

따뜻한 천국에서
따뜻한 천사로 살고 있다는 것

엄마 아빠 만나서

따뜻하게 살고 있다는 것

예수상 2007 oil on roof tile (2)

헤어질 땐

마지막 본 후 많은 세월이 흘러갔다
언제 어디서 어떤 모습이었지?

오래된 동굴의 벽화를 닮아
얼굴이 흐른 세월의 화석이다

만나고 돌아 설 땐
이렇게 오래 동안 못 만날 줄 몰랐지

다정한 사람 헤어질 땐
마지막일 수도 있다는
끔찍한 생각도 해볼 일이다

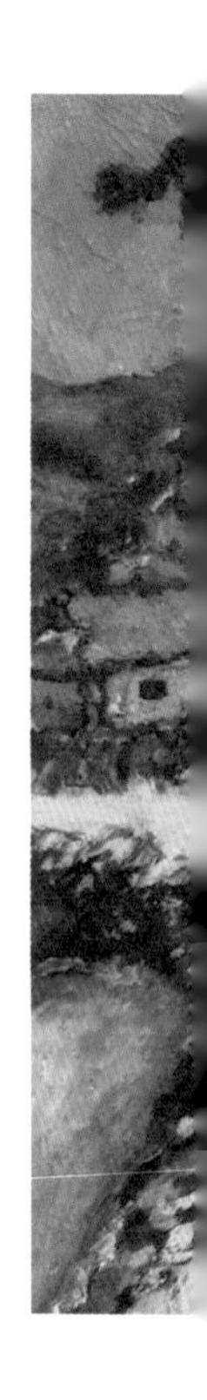

남쪽500리 | Oil on Canvas 2000

새가 되고 싶어

"나는 다시 태어난다면 사람으로 태어나지 않을 거야."

"그럼 뭘로 태어나고 싶은데?"

"새가 되고 싶어. 훨훨 세상 끝까지 날아가 볼 거야."

유복자 하나 두고 간 남편 그리며
평생 혼자 사는 국민학교 동창
여태 착하게만 살았는데
삶의 올가미에 얼마나 조였으면
새가 되고 싶어 할까?

내 마음이 저려 왔다
나의 아내도 새가 되고 싶은 건 아닐까?

그래, 새가 되어 맘껏 날아 봐
하나님이 지으신 넓고 맑고 눈부신 저 하늘을

은총의 빛 2007 oil on canvas

어머니

밤 새워 내리던 비가
낮에도 그칠 줄을 모르네요

마지막 누워계신 그곳 잔디 위에
사시던 집 지붕 위에
소똑골 논과 여수바우 밭에
다니시던 논틀마 교회 마당에도
비는 쏟아집니다

어머니랑 같이 살던 어린 날엔
비가 오면 좋았습니다

비오는 날은 들일 안가시고
종일 제 곁에 계셨지요

그래서 나는 지금도
비오는 날이 좋습니다

어머니

그날로 발길을 돌려

제 곁에 있어 주실래요?

엄마의 여름 1993 oil on canvas

아버지

아버지는 어떤 음식이든 맛나게 잘 잡수셨지만, 그 중에서도 칼국수, 흰 쌀밥에 날계란을 깨어 넣고 간장에 비빈 밥, 자글자글 졸아든 된장찌개 그리고 창란 젓갈을 특히 좋아 하셨다. 나도 아버지 식성을 꼭 빼어 닮아 그런 것들을 무척 좋아 한다. 어제 대부도에서 사온 창란 젓갈을 오늘 아침 식사 때 반찬으로 먹었다. 창란 젓갈을 먹을 때 마다 돌아가신 아버지 생각이 난다. 돌아가시기 전, 병석에서 전화를 드릴 때 마다 반가와 하시면서도 아무 걱정 말고 열심히 일 하라고 간단히 전화를 끊으시던 아버지. 안전 면도칼로 수염을 밀어 드렸을 땐, 실수로 턱에서 피가 났었지만 그래도 좋아 하셨지……마지막으로 형님 집에서 뵙고 일어서 인사를 드릴 때, 조심해 가라며 힘없이 흔들어 주시던 손과 애정 어린 눈 빛……이젠, 그리워도 뵐 수가 없다.

마지막 작별에 큰 절이라도 한번 드리고 올 걸!

아, 아버지……나이 들수록 더 많이, 더 자주 생각나는 아버지……천국에서 꼭 다시 만 날 수 있었으면……

눈동자 2003 oil on wood panel (1)

그날에

나는 그날에,
이렇게 말 하리라

모든 순간이 아름다웠고
모든 순간이 행복 하였고
모든 순간이 감사했다고

맹세코 나는
사랑의 마지막 호흡으로
그렇게 말하고 가리라

안녕!

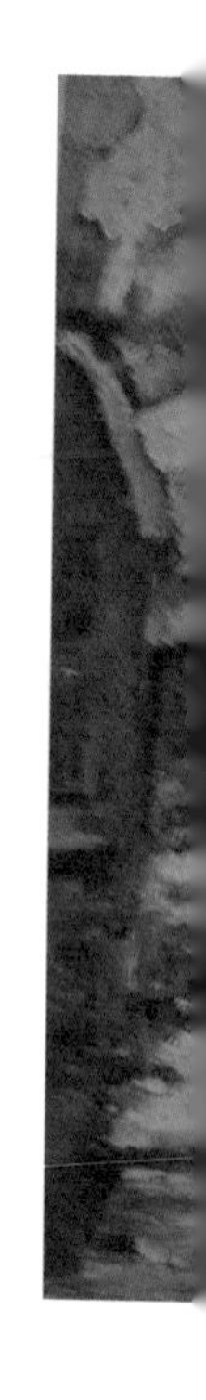

집에가는 사람들 Oil on Canvas 2011

님 가시던날 저녁 2009 oil on canvas

잃어버린 소중함들

가을 그 곳

나뭇잎 붉게 물든다고
그래서 조금 그립다고
가을엔 그곳에 갈 일이 아니야

가슴에 사진처럼 간직해 온
소중한 원본이 지워질 수 있으니까

그립다 하더라도
조금 참고 있으면
하얀 눈이 내릴 거야

그때 눈 쌓인 날 황혼 무렵에
마음먹고 찾아 가봐
그 자리 달라졌어도 눈에 묻혀 모를 거야

가을엔 그곳에 갈 일이 아니야
정말 갈 일이 아니야

오래된 그 풍경 간직하고 싶다면

강가에 앉은 여인 2006 oil on canvas (2)

광조우의 밤비

하이난 섬이 밀어 올리는 태풍에
주룩 주룩 비는 내리고
불빛 찬란한 광조우 거리
취한 듯이 이리저리 걸어본다

비바람이 심문하는 두 가지
"찬바람 속에 누추하던 너의 젊은 날은
 지금도 잘 있는가?"

"주고받은 편지 속의 아름다운 말들은
 너도 그도 다 태워 버렸는가?"

광조우의 밤비는
그치지 않고
캄캄하고 비 내리던
오래전 여름밤이 여기 와 있다

자카르타의 기타리스트 Oil on Canvas2013

Merlin Hotel 의 추억

Merlin美輪 Hotel!
아주 오래전
홍콩의 Tsimshatsui
지금은 없어진 작은 호텔

아내가 간직해 온
Merlin Hotel 비치 타올로
휴일아침
목욕시킨 강아지를 닦아주고 있다

가끔은
문화여권을 소지한
또래 아가씨들과
Congee로 아침 식사를 하곤 했지
식사 후 나는 출근하고
그들은 퇴근하고

아!

덧없이 가버린

긴 세월

Merlin Hotel의 비치 타올이

내 눈길을 오래 잡고 있다

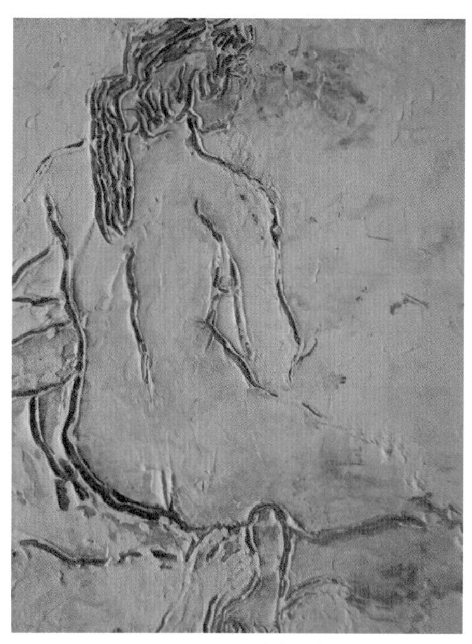

돌아 앉은 여인 1999 oil on canvas

봄이 아니야

이건 봄이 아니야
사월이 다 갔는데도
너무 추워
비바람 불고

힘들게 피어난
사과 꽃과 배꽃 위에
눈까지 내렸데
정말이지 이건 봄이 아니야

게다가 오늘은
군함 속에서
차가운 바닷물에 스러진
마흔여섯 명의 우리 아들들과
영원히 이별하는 날이잖아

이렇게 춥고

이렇게 슬픈 봄은 싫어

이건 봄이 아니야

Sunglass를 낀 여인 2007 oil on canvas

잃어버린 소중함들

달빛 내려와 입 맞추던
하얀 박꽃

오래 묵어 넓게 드리운
청포도 넝쿨

초가지붕 위에 쏟아지던
은하수

잿날망에 한 그루
늙은 상수리나무

봉우제 소똑골 새제에
작은 연못 하나씩

산 속의 고요
문바위에 걸친 붉은 석양

세월 느린 엄마의 집
그리고 강아지 두 마리

되뇌어 볼수록 더 허탈한 것은
잃어버린 소중함 들이
아직 더 많이 있기 때문이다

歲暮에

떠나온 곳이 너무 그립다

스쳐 지나온 곳들의 향기는 애절하다

이젠 모두가
행복했던 아픔들

또 한 해가 서산을 넘어 가는데
아직도 아픈 기억 하나요?

모쪼록 아픔 없이 행복하시길

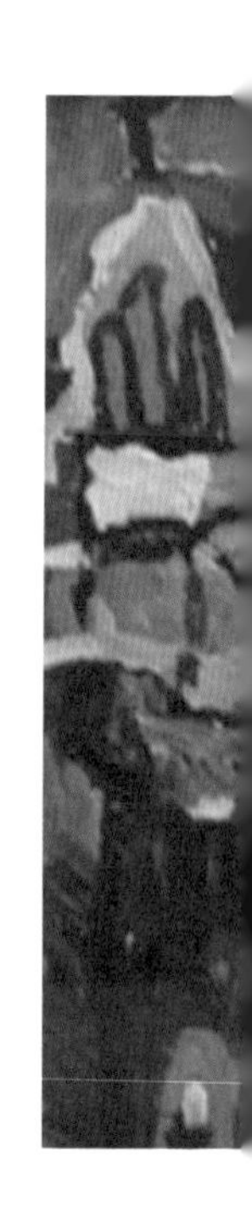

정교회와 성당 2007 acrylic on canvas

낭패

유월이 간지 오래
마지막 한 송이
장미가 지고 말았다
참, 낭패다

십년 고생한 헌 자동차
장고 끝에 대책 없이
육백만원에 팔아 버렸다
큰 낭패다

초봄부터 아내랑
차타고 에버랜드에
장미꽃 구경 가자 했었는데

개포동의 배밭 Oil on Canvas 1999

이산가족

먼 나라로 길 떠나는 애들은
집에 남아 있는 부모가 걱정되고

집에 남는 부모는
길 떠나는 애들을 염려하고

이렇게 흩어지면
죽기 전에 몇 번이나 얼굴 보랴?

세상에 먹고 사는 것은
참으로 무거운 일이다

여름 Oil on Canvas 2006

둥지

비바람 들이치고
때로는 마음 시렸을
낡은 아빠 둥지
이제 떠나는 구나

어서 빨리
상처 아물고
새살 돋아나
추운 기억 잊어버리렴

천국의 따뜻한 행복 가져다
너의 새 둥지를 마련하렴

어쩌다 힘든 날 만나
가끔 마음 시릴 땐
정든 아빠 둥지
무시로 찾아오렴

익숙했던
엄마의 향기
너를 품으면
마음 다시 따뜻해 질 거야

포근한 그 향기 맘껏 가져다
너의 새 둥지에 걸어두렴

이스탄불의 레스토랑 Acrylic on Canvas 2007

슈베르트

오래 헤어져 멀리 있는 사람
그립다

더 많은 세월이 무심하게 지나가면
그립던 사람 그립지 않다

돌처럼 굳어 버린
추억이 그리울 뿐

바람이 차가운 북한강변
산타페 안에서
슈베르트가 울고 있다

사랑이 죽음 안에 있나보다

(날마다 그리워서야 어찌 살까!)

Kol nidrei 2009 oil on canvas

오늘 하루 쯤

세상 배우기 전엔
엄마만 있으면 됐었지
엄마가 밥 먹으라고 부를 때까지
온 동네 즐겁게 뛰어 놀았지
아무것도 모르고
행복하게 살았지

나이 먹고 배워서 뭐하나
영악해지기만 했지
더러운 때가 묻었지
불효막심하고
욕심만 커졌지

돌아가고 싶다
황홀한 노을이 지고나면
희미한 호롱불 속에
엄마의 냄새가 평안을 주던 곳

거기로 돌아가서

오늘 하루 쯤

아늑하게 잠들고 싶다

고향집의 잔영 2008 oil on canvas

지나간 것들

사람이 찾지 않는 먼 산골짜기
햇빛이 잠시 조금만 비춰주는 곳

내게 지나간 것들이
거기에 남아 있다

지나간 것들이 남아 있는 곳은
고요하기도 하다

나뭇가지에 숨어드는
산새의 깃털 소리가 들릴 듯이

비가 올려나
작은 하늘에 모인 구름이
앞산으로 내려오고 있다

꽃 2007 oil on canvas

카오스 Chaos

묻고 싶은 게 있어도
묻지 못 한다

구겨진 대답이
무섭다

타이르고 싶어도
타이를 수가 없다

옹색한 귀가
절벽이다

노래를 접었다
노래 듣기도 접혔다

한 사람은 배가 아프고
다른 한 사람은 불면증이다

풀린 눈동자와 풀린 다리로
창세기를 살고 있다

아!
저기 거대한 카오스!

염색

야전에서
흰머리가 흉해 보여
검은 물을 들인다

옆에 쪼그려 앉아
내 흰머리에 검은 색을 바르는
아내의 연약함이 몽롱하다
작업시간 약 두 시간

풍상이 지렁이처럼 지나간
내 얼굴에
새까만 머리는
좀 그렇다

머리칼 속속들이
아내가 검은 칠을 해 대도
대엿새만 지나면

구석구석 흰 머리칼이 쳐 들어온다
6.25 때 중공군 같이

그때 내가 큰맘 먹고
세월은 그냥 가게 내버려 두었다

(사실은, 아내와 아이들과 손녀딸은 피해가라고 하였다)

지아의 걱정

"할아버지,
 내가 애기 낳으면, 할아버지는 애기만 좋아할 거지요?"

"아냐,
 애기도 좋아하고, 지아도 똑같이 좋아할 거야!"

지아는, 올해 여섯 살
하나밖에 없는 외손녀

할아버지가 엄마 말고 저만 사랑한다고 생각한다

어쩌면 좋지?
나는 곧 일흔 살이 될 텐데

강아지 가게 water color on paper 외손녀 김지아 작품

광녀狂女

그녀의 몸짓은 간결하다

허공을 보고
두 팔을 규칙 없이 휘두르는 것
날개 찢어진 바람개비처럼

누더기 옷에 때 묻은 목도리를 걸쳤고
검은 보따리에서는
남루한 살림살이가 삐져나왔다

그녀가 외쳐대는 소리는 소음에 묻히지만
빈 하늘까지 거부하는 휘두름은 선명하다

버림받은 듯
상처 입은 듯
저주의 몸짓이 아름답다

가끔 웃을 때 그녀는 제정신이다
다행히 오늘 아침은 포근하다

흰장미 | 2007 oil on tile

이상한 풍경

아침 햇살과 저녁노을이
함께 비추고 있다
하늘에 닿은 바위산 꼭대기에

한쪽 그림자는 바닷가로 늘어지고
다른 쪽 그림자는 사막에 닿아 있고

바다엔 억센 파도와 식인 상어
사막엔 모래바람과 전갈 떼

이상한 풍경 속에서
애를 써 봐도 수족이 묶여 있다

여기가
저승인가?

선유도에서 Acrylic on Canvas 2003

어느 날의 자화상

낯선 것들이 두려워
애벌레처럼
등 구부리고 살아온
내 어깨는 너무 좁아

빈약한 기댈 곳에
힘든 처자식

때로는
무심코 바라보는
그윽한 눈빛들의 위로

자화상 Oil on Canvas 2013

친구에게

곁에 가면 비누향기 나던 너
우리 오래 못보고 살지만

내가 창밖의 달을 보고 있을 때
너도 어디선가 달을 보고 있다면
우리 눈들이 달로 이어지겠지
허공을 가로지르는 달빛을 따라

내가 작은 시냇물에 손 담글 때
너도 어디선가 강물에 손 씻고 있다면
우리 손들이 물길로 이어지겠지
강을 따라 바다에 가서 다시 강을 거슬러

맞지?
그렇지?
비누향기 다시 나겠지?

워커힐에서 Oil on Canvas 2011

비행기

해 저물 녘
멀리 비행기 한 대
서쪽으로 날아간다

누군가
그리운 사람들끼리
반갑게 만나겠지

공항에 비행기 내리면

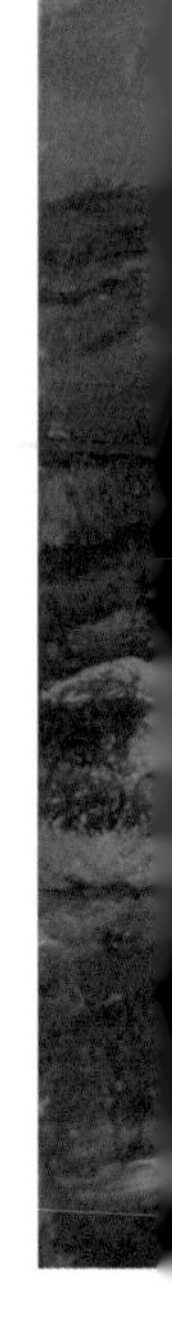

오두막이 있는 마을 2008 oil on canvas

시골 보낸 강아지

귀여운 우리 집 강아지가
시골에 간다

멀어지는
강아지 모습이
너무 슬퍼 보인다

내 동생은 울고
내 눈에도 어느새
눈물이 고인다

(큰 딸 강 다슬이 초등학교 때 지은 동시)

산촌의 겨울 2005 oil on canvas

카네이션 1995 oil on canvas

노년의 기도

빗방울 소리

오늘 하루
안개와 구름 걷히지 마라
오늘은 밝은 햇빛 반갑지 않아

어젯밤에 빗방울이
감나무 잎사귀에 떨어지는 소리를
오랫동안 듣고 말았어

안개, 구름 가득한 비바람 속에서
오늘 하루
그 소리 더 듣고 싶거든

비내린 탁심광장 이스탄불 Oil on Canvas 2006

다시 태어나기

재물 욕심내는 것
멍에를 매는 것

명예나 권세 탐내는 것
가시위에 앉는 것

악한 마음은
등짐이 되는 것

착한 사마리아인처럼
온유하고 겸손하게 살자

무거운 납덩이 버리고
다시 태어나서
단출하게 살자

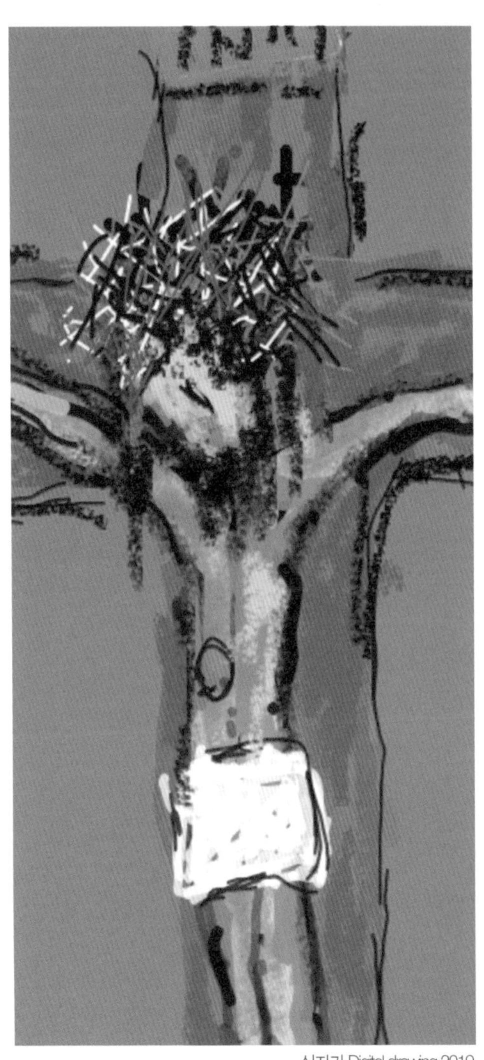

십자가 Digital drawing 2019

내게로 와

힘들 때
내게로 와

외로울 때도
와

귀 기울여 줄게
같이 있어 줄게

너는 나에게
반짝이는 이슬방울

무너지지 말고
내게로 와

들국화 2008 oil on canvas

늙은 어부의 성경

남해에서 늙은 어부가 해준 몇 마디
"그냥 이대로
욕심 없이
내가 하고 싶은 일 하면서……"

그의 선한 두 눈이
작은 배를 떠나
먼 수평선에 고정되었다

작은 배를 모는 몸짓에
찬란한 분홍색 행복이 물들었다
바다 가득 쏟아진 노을빛처럼

파도소리 들리고
등대불이 보이는 작은 집
아내의 밥상을 생각하나보다

"그냥 이대로,
욕심 없이
내가 하고 싶은 일 하면서……"

성경 같이 들었다

중국의 수변마을 2006 oil on canvas

노년의 기도

우리 마음이
비참한 생각이나
절망에 잠겨있지 않게 하소서

입가엔 언제나
미소를 띠고 살 수 있도록
나날이 필요한 희망을 채워 주소서

추운 날의 아픔에 묻히지 않고
오늘 살아 움직임을 감사하며
기뻐하게 하소서

가슴 설레는 하루하루를
해 떠있을 때 온유하게 살아가고
해 저문 밤에는 겸손히 잠들게 하소서

이 세상 나그네 길에서
육신과 마음이 약해질 때

뛰노는 송아지처럼 치유되게 하소서

맑고 착한 정신으로
힘 솟는 팔과 다리로
대지 위에 굳건히 서게 하소서

물러나야 하는 날이 오더라도
호미나 삽을 손에 들고
씨앗을 뿌리고 나무를 심게 하소서

가을비에 지는 나뭇잎으로
고요한 생명의 지혜에 감동하게 하시고
의젓이 때를 가늠하게 하소서

마지막 노래는 감사로 끝내고
마지막 손길은 사랑의 위안이 되며
마지막 가슴은 평화롭게 하소서

희망

아침 열시쯤
늦가을 밝은 태양 빛이
온 누리에 가득하다

나무와 나무 사이
사람과 사람 사이
낮은 집과 높은 집 사이
온갖 사이사이에
태양의 온기가 차오른다

서쪽으로 오는
비행기는 드물어졌지만
기다리고 있노라면
머지않아 아이들을 태우고 오겠지

악마들의 소행이
낱낱이 드러나면

착한 사람들은 긴 잠에서 깨어나겠지

태양빛과 비행기와 착한 사람들
오늘 나에겐
그들이 희망이다

희망 Oil on Canvas 2008

호롱불

못난 얼굴 감추어 주고
모두 착하고 예쁘게 비춰내는
호롱불은 자비롭다

길고 깊은 한 겨울밤엔
무서운 전등불을 끄고
호롱불을 켰으면

작은 흠들은 보지 말고
사랑으로 서로 보듬어
따뜻해지도록

꽃과 여인 Oil on Canvas 2003

고마워요

말 많이 하는 건 못난 짓이야
근심 걱정 아픔과 슬픔
아무에게도 말하지 않는 게 좋아

아는 것이나 가진 것이나 할 수 있는 것도
말하지 않고 사는 게 좋아
험한 말이 가시처럼 찔러 와도
침묵하는 게 말하는 것보다 낫지

누군가를 아프게 하고
시기나 질투를 부추기며
분쟁과 상처를 남긴다면
말을 왜하겠어

산에 가서 나무들을 봐
하늘의 별들을 봐
물가의 조약돌을 봐

들에 핀 꽃들을 봐
아무 말도 하지 않고
그냥 있잖아

꼭 말이 하고 싶으면 한마디 만 해
"고마워요"

담배 건조실 1999 oil on canvas

비 오는 부활절

비를 내려주신다
먼지 나는 대지 위에
촉촉한 생명의 봄비

목마른 고라니와 수리부엉이
깽깽이 풀과 물푸레나무에게
단비를 내려주신다

좁은 계곡 가재와 물방개
넓은 강물의 메기와 붕어에게
하늘의 은총을 베푸신다

새싹을 틔우고
새끼를 쳐서
뭇 생명이 번성하게 하신다

모든 땅 온 누리에

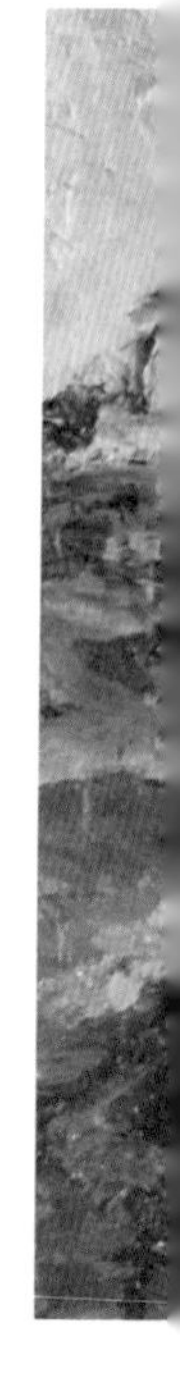

흡족한 모유를 주시는 오늘은

죽은 자 가운데서 다시 살아나신 날

언덕위의 예배당 Oil on Canvas 2015

농부를 위한 기도

주여
이 무더운 여름날
늙고 가난한 농부들을 돌보소서
한 줌의 식량을 구하려
구슬땀을 흘리며
김을 매는 농부들
그들은 평생을 선하게 살고 있습니다

주여
그들의 육신을 강건하게 하시어
힘든 일에 지치지 않게 하시고
아픈 곳이 있으면 낫게 하소서
그들의 자손들이
비록 그들과 멀리 떨어져 살고 있어도
살아가는 모든 일에서 형통하여
기쁜 소식이 오가게 하소서
그래야만 늙고 착한 농부들에게

감사와 기쁨이 있을 것이기 때문입니다

주여
가뭄이나 태풍이나 홍수로 하여금
그들을 피해 가게 하소서
힘들게 지은 농사에
잃는 것이 있을까 함이오니……

주여
늙고 가난 하지만
선하게 사는 농부들에게
시원한 바람과 생수 같은
당신의 은총을 넘치도록 내려 주소서

그들의 기도를 들어 주소서

잠 못 드는 밤

어떤 밤은 성경을 읽어도
까닭 없이 잠이 안와
밤새 뒤척이지

밤이 지나
새벽이 오지만
세상엔 나 혼자

이런 내 마음
나도 모르니
아무도 알 수 없지

자동차 소음에 가위 눌려
무거운 어깨를 만져 보면
참 허전해

그런 날도

늘 그래왔듯이
처연히 살려 집을 나선다

조금만 더 버리고
조금만 더 조용하고 아늑한 곳에서
조금만 더 가볍게 살고 싶은데

겸손한 빗소리와 소쩍새 울음 들리는 곳
아무도 모르게 이슬방울 맺히는 곳
노을빛이 머리를 쓰다듬어 주는 곳
들꽃과 단풍잎이 지천으로 있는 곳
그 작고 고요한 마을

정말이지 나는
그런 것들이 참 좋은데

가을날의 기도

가을비에 낙엽이 지는 날
외로운 사람들은 서쪽 하늘을 쳐다봅니다

뿔뿔이 흩어져
들짐승처럼
싸움에 지친 사람들

그들을 가족과 같이 있게 모아 주소서
오래전 다 같이 살았던 곳으로

창밖의 낯 익은 산 능선과 나무들이
마음에 평안을 줄 것입니다

이제 바람이 조금씩 차가와지므로
조금만 더 자비를 베풀어 주소서

고독한 사람들이

봄이 올 때까지 가족과 헤어지지 않도록

그리 하시면 햇볕 드는 마루에 모여앉아
찬송가를 부를 수 있겠나이다

산속 오두막 2006 oil on tile

어떤 규칙

평소엔
아주 포근한 침대와
카페인 없는 커피 한 잔을
따뜻하게 준비할 것

여행을 가고 싶다면,
예쁜 옷과 카메라와 찐 옥수수를
자동차 조수석에 넣어 줄 것

돌아오는 날은 묻지 말 것

궁금해도 애만 태우고 전화하지 말 것
투명한 유리 화병에
한 송이 장미꽃을 매일 준비할 것

돌아오면
꼬-옥 안아 주고

재빨리 목욕물을 준비할 것

Lisa 의 화실 2008 oil on canvas

비가 내리면

비가 내리면
밭둑에 쓰러지는 잡초
싹 피우고 죽을 때 까지
밟히며 살고 있다
너에게 참 부끄럽다

잘 여문 많은 열매
사람과 다람쥐와 새들에게
남김없이 내어주는 도토리나무
너에게도 참 부끄럽다

비가 내리면
하늘에 부끄러워

비가 내리면
가신 부모님께 부끄러워

비가 내리면
당신에게 부끄러워

비가 내리면
아이들에게 부끄러워

비가 내리면 비가 내리면 비가 내리면

오늘
또 비가 내린다

고요함이 있는 곳

우주가 열린 처음엔
고요가 온 땅을 잠잠케 하였을 터인데

이제 고요함은 몇몇 것에만 숨죽여 있다
몇 가지 사건의 앞뒤에만

가령
뜻밖의 이별이라든가
자정을 넘기는 기도 같은 것

혹은
연고 없는 죽음이라든가
고아의 굶주림 같은 것

마치
투명한 잠자리의 날개같이
불법 체류 중인

파키스탄 노동자처럼

꽃에 관한 꿈 2008 oil on canvas

꿈같은 꿈

꿈같은 꿈을 이루겠다고
걷고 뛰다 지쳤네
이 세상 험한 나그네길

그저
겸손히 사랑하면 될 것을

이제 부질없음에

꿈같은 그 꿈
다 내려놓고
외롭지 않게 살면 좋겠지

이 세상에서 만난
좋은 사람들
잠잠히 사랑하면서

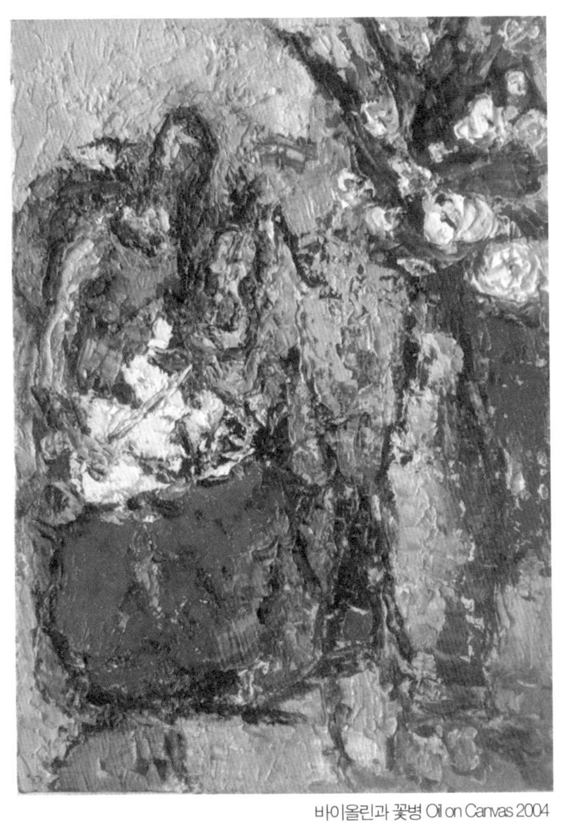

바이올린과 꽃병 Oil on Canvas 2004

팔공산에서

사람 사는 집들이
산 아래 모여 있다

갈래난 길들은
뱀처럼 낮게 기고 있다

산이 품어준 낮은 동네
노을빛과 바람이 보듬고 있다

사람이 지은 모든 것들
낮은 곳에 앉아 있다

이렇게 사는 것이 맞다
산 아래 나지막하게

산에 올랐다가
나지막하게 내려가고 있다

항조우의 수변풍경 2006 oil on canvas (2)

막걸리 예찬

막걸리 두어 잔
때로는
성경보다 위대하다

알량한 체면은 내려놓고
과감하게 사과할 수 있으니

사과 받은 아내가 행복해 졌다

막걸리 두어 잔
때로는
어진 임금보다 관대하다

못난 종살이 내 평생을
슬며시 용서하게 하니

용서받은 내 등짝이 확 펴졌다

오늘 밤은

팔다리 활짝 펴고

단잠 잘 수 있겠다

하노이 호텔의 정물 2006 Oil on canvas

지나간 것들이라고

지나간 것들이라고
사라지는 건 아니다

마음의 상처나
뉘우치는 부끄러움으로

혹은 행복한 추억이나
흐뭇한 보람으로

지나간 것들 다
고스란히 남아있는 법이다

때때로 잊고 살수는 있다 해도
지나간 것들은 어딘가에 남아있다

오늘 모름지기
착하게 사랑하며 살 일이다

부끄러움 없이

맑게 살 일이다

Otaklar Cad. Istanbul 2007 oil on canvas (2)

가족을 위한 기도

사랑의 주님!
우리가 해야 할 어떤 일도
능히 할 수 있도록
건강을 지켜 주시고

힘든 날의 시련을
두려움 없이 이길 수 있는
강인한 정신과
기다림의 지혜를 주소서

언제나 겸손하고 온유한
사랑의 마음으로
감사하며 살게 하시고
친절히 웃는 얼굴로
베풀며 살게 하소서

세상의 욕심과 자랑을 버리고

생각과 말과 행동이
정직하게 하여 주소서

어떤 고난에도 무너지지 않고
착한 꿈과 희망을 이루도록
성실하게 살게 하소서

사랑하는 온 가족이
서로를 위해 기도하게 하시고
그 기도의 힘으로
오늘도 행복하게 하소서

아주 먼 곳일 지라도

한번 떠나보자
아주 멀고 먼 곳일 지라도

물어물어 찾아가 보자
해 저물어 오더라도

금이나 은을 찾지 말고
세상 영화도 찾지 말고

덧셈 뺄셈도 없고
자동차 핸드폰도 없는 곳

강가에 산속에 사는
벌거벗은 사람들을 만나 보자

운이 좋으면 깊은 동굴에서
오래 숨어온 암각화도 만날까?

좋은 것이 많은 곳 말고

텅 빈 곳으로 떠나보자

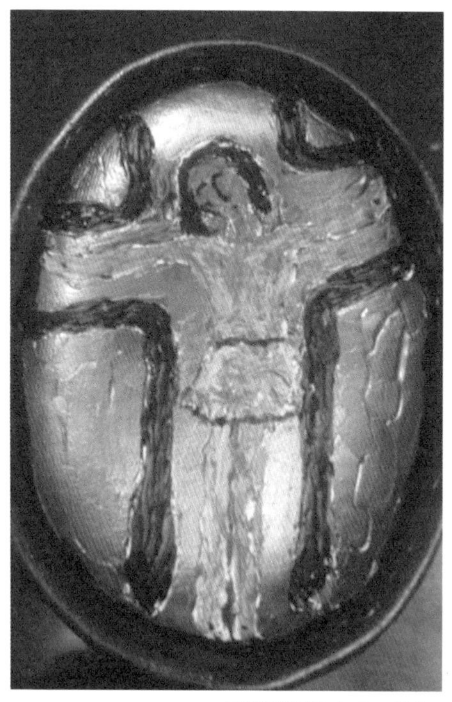

사람의 아들 예수 Acrylic on Pottery

모르고 살아 온 두 가지

부모 은공 중한 줄 모르고
가신지 이틀 후에 서둘러 산에 묻었다
열자 깊이도 안 되는 무덤
잡초 아래 그 땅속은 구만리 먼 곳

아내 정성 귀한 줄 모르고
잘난 척 내 멋대로 살았다
사십년 넘어 그 정성 알아차리니
아! 어느 듯 저 해는 서산에 저물고

부모도 딱하고
아내도 딱하고
오늘은 나도 딱하다

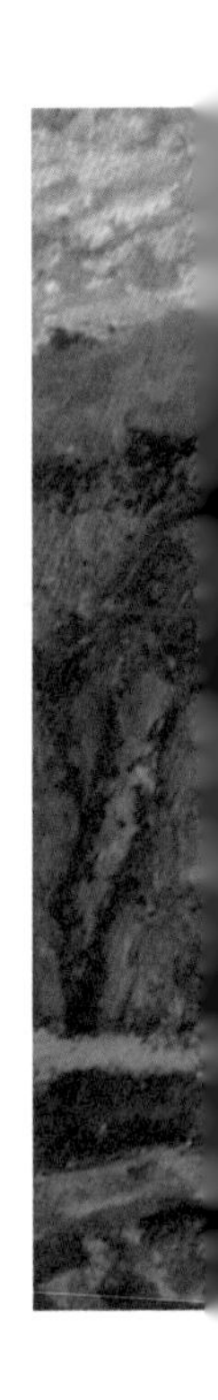

스산한 가을 2009 oil on canvas

따스한 날들

장미 | 2012 oil on canvas

둥지

The Nest
Vocals Notes

♩= 130

Piano 1

5

10

14

19

둥지	The Nest
비바람 들이치고	Rain and stormy winds
때로는 마음 시렸을	Sometimes it hurts old daddy's nest
낡은 아빠 둥지	that you are leaving now
이제 떠나는 구나	Hurry up healing the wounds and let new flesh grow
어서 빨리 상처 아물고	Forget cold memories
새살 돋아나	and bring warm happiness of the heaven
추운 기억 잊어버리렴	Build a new nest of yours
천국의 따뜻한 행복 가져다	Forget cold memories
너의 새둥지를 마련하렴	Bring warm heavenly happiness
Build a new nest of yours
어쩌다 힘든 날 만나	Facing a long day some times
가끔 마음 시릴 땐	If it gets your heart freezing
정든 아빠둥지	Come again at any time
무시로 찾아오렴	to daddy's nest lovely and familiar with you
익숙했던 엄마의 향기	Memory of Mom's scent
너를 품으면	will warmly hug you for a long time
마음 다시 따뜻해 질 거야	Get your heart warm again
포근한 그 향기 맘껏 가져다	Take the scent enough you want
너의 새둥지에 걸어두렴	Hang on the new nest of yours

(강 현수 시, Music by Enrico Randi, Italy)

Music engraving by LilyPond 2.13.62 for FL Studio by Image-Line Software

The Nest둥지 vocal 악보

1981년

큰딸 첫돌 무렵 1981

1983년

어린 두딸 1983

1985년

어린 아이들 다슬, 나은, 교일 1985

1986년

부모님과 아이들 1986

다슬이의 시골여행 1986

큰딸 유치원 졸업 1986

외할머니와 1986

1987년

축복 받은 여인 1987

1988년

천리포 수목원에서 1988

1990년

Happy birthday 1990

1994년

외손녀의 걸음마 1994

2007년

기도하는 아내 2007

아내의 성지순례 2007

시내산 2007

피라미드 2007

2008년

구절초 핀 언덕에서 아내와 2008

2012년

도담삼봉 2012

2014년

두카와 고별여행 2014

외손녀와 아내 2014

2015년

귀여운 외손녀 2015

시드니 여행 2015

시드니 2015

시드니 Nicks 에서 2015

2015년

호주에서 2015

호주여행 2015

Rome 이탈리아 2015

호주의 Blue Mountain 2015

미켈란젤로의 언덕 2016

2017년

Taj Mahal 인도 2017

2018년

문경 동굴 카페 2018

여름휴가 2018

아들 떠나는 날 2018

앙코르와트 2018

2018년

여름 휴가 2018

캄보디아 여왕 2018

2019년

남해 금산에서 2019

대모산 텃밭에서 딴 호박 2019

북미여행중 호텔 마당에서 2019

북미여행 2019

2019년

스타벅스 1호점, 씨애틀 2019

여행중의 생일 2019

작은 딸이 차려준 칠순생일상 2019

2019년

외손녀 와 둘째사위 2019

작은딸네 다낭여행 2019

2019년

작은 딸네의 다낭여행 2019

캐나디안 록키 2019

큰 딸의 외할머니 방문 2019

2019년

한국전쟁 참전 기념공원 미국 2019

휴가 왔다 호주로 가는 큰 딸네 2019

Niagara Fall 2019

2019년

Canada 협곡 2019

Canada Lake Louise Fairmont 2019

2020년

Monserrat 스페인 2020

신나는 지아네 2020

2020년

단풍길 두 그림자 2020

I LOVE U 2020

화담숲의 가을 2020

2021년

눈오는 저녁 나은이와 지아 2021

새해 아침 남한산성 2021

출국 라인만 지켜보던 아들과
의연한 척 떠났던 애비의 애잔함이
패트병 속에 눈물처럼 담겨있었다
뒤돌아 보지 말걸

구피 두마리가 거실 바닥에
멸치처럼 말라 죽었다
가출하면 좋은 세상 있을줄 알았나 ?

꽃보다 아름다운 것 어디 없을까
눈으로 볼 수 없어도 꽃보다 아름다운것
갓난 아기 가슴 속에 숨어 있을까

삼월 저녁에 벚나무 가지를 스치며
눈발이 흐드러지게 내린다
세월이 하도 빨리 달려 가기에
어느새 벚꽃이 피었다가 벌써 지는줄 알았다

당당하게 사시다가
힘없이 가신 아버지
말없이 가신 아버지

개 만큼만 살아보자
사랑주면 꼬리 흔들고
외로운 품엔 다가와 안겨주고
퇴근하면 반가워 날뛰는
착하고 귀여운 가족
하루라도 이렇게 살아보자
"개같은 놈" 이라고 욕하지 말고
개 만큼만 살아보자

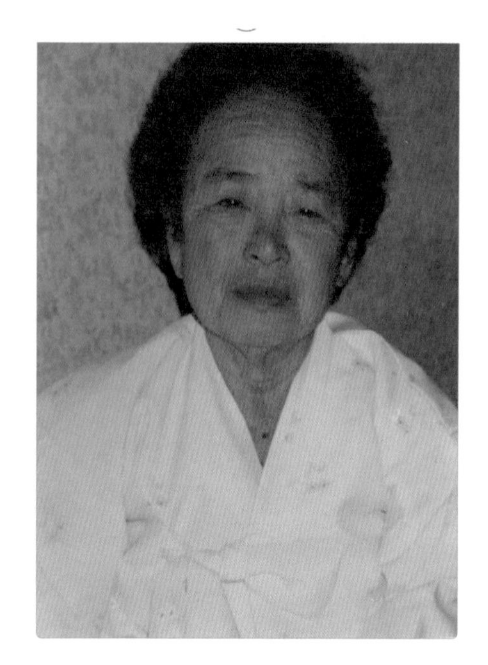

" 마이 먹어라. 조심해서 가. 보고숲다."
뼈와 살에 침전 되어 증발하지 않는 세마디

어미의 체온과 새끼의 배냇 똥이
빈 둥지를 지키고 있으리라.

고향집 빈 방 처럼..

2021. 2. 7.

강서방 육개장 끓이고 녹두전 부쳤어
다슬애미는 고추장 한단지 가져다 먹고
한없이 주시던 장모님 94세 한 영희 권사
천국 가실 때 까지 고통없이 평안 하셨으면

愚村 강현수의 Rumination · 시와 그림
사랑할 때이니까

2021년 6월 1일 초판 1쇄

지은이 | 강현수
펴낸이 | 강현국
펴낸곳 | 도서출판 시와반시

등록 | 2011년 10월 21일 (제25100-2011-000034호)
주소 | 대구광역시 수성구 지산로 14길 83, 101-2408호
대표전화 | 053)654-0027
팩스 | 053)622-0377
E-mail | khguk92@hanmail.net

ISBN 978-89-8345-114-9 03800